AF590131

LE DEPROFVNDIS SVR LA MORT DE LVYNES.

M. DC. XXII.

LE DEPROFVNDIS SVR LA MORT DE LVYNE.

LEs Fauoris n'ont iamais veu pulluler leurs races en France, & iamais il ne s'est remarque qu'ils eussent esté de lõgue duree en leurs grandeurs. Le regne de Henry III. nous fournira de preuue suffisante en cecy: Ce Roy eut trois ou quatre mignons qui se sont entretuez l'vn l'autre (tesmoin celuy qui fut enterré à sainct Paul) excepté Monsieur Despernon. Ceux qui luy auoient esté au commencement ennemis iurez, i'entens la maison de Guise, ou toute la succession va tomber. La tige de ce Duc estant infertille: La maison de Ioyeuse deuoit seruir d'exemple de cecy à Luyne, elle qui s'est veuë autant releuee en dignitez qu'elle est maintenant rabaissee des ses premieres grandeurs (bien que le Pere Ange qu'on a depuis peu cannonizé à la nouuelle mode, aussi bien que cecy ait grandement reintegré son premier lustre: Mais nous sommes aueuglez en nos fortunes, l'ambition nous bande les yeux & inuestit nostre entendement d'vn nuage d'arrogance, qui faisant bouffir nostre cœur d'vn bouillon de superbe & d'orgueil, nous oste du tout la cognoissance de ce que nous sommes, & nous fait mespriser ce que nous deurions dompter auec humilité & soubmission: Luynes ne s'est iamais fait sage au despens de ſes voiſins, il auoit ignoré le paſſage du Curé de Mimons, *nihil violentum eſt diuturnum*, parce qu'ayant du port fauorable de ſes deſſeins, veu les tourmentes & les eſcueils de ſes voiſins, il deuoit ſoigner à ſa barque qui eſtoit menacee du meſme orage: Comme de fait, nous l'auons veu mourir au plus beau de ſes iours, & ou il sembloit que la fortune opinoit en ſa faueur ſans aucune forme de tempeſte, ains au temps le plus calme & fauorable a ſes intentions: il commençoit à iouër les deux, il eſtoit temps que la parque luy en donna d'vne, il traffiquoit le party des Huguenots & deffendoit le party du Roy. Le pere Arnoux pour luy auoir dit, *nemo poteſt duobus dominis ſeruire*, fut chaſſé, banny, exilé, & expulſé de la Cour, comme vne piece pernicieuſe à la faction de Luynes, auſſi en fut-il griefuement puny à l'article de la mort: car il ne peut auoir aucun Confeſſeur pour ſe deſcharger de ſes crimes. Ie ne ſçay à quoy ſongeoit noſtre bon Pere Dominique qu'il ne luy alloit porter vn morceau de ſa robbe pour luy faire gaigner les indulgences. C'eſt la cauſe que Luynes eſtant reduit, ie ne dis pas aux peines eternelles (car ie n'en ſçay rien, ie ne fus iamais en ces cartiers la) ains aux gehennes du Purgatoire, à tout le moins va meditant du profond de ſon cœur & eſlançeant ces parolles.

Deprofundis,

DV profond des Enfers ie regrette mes fautes,
Ie pleure mes forfaicts & actions trop hautes,
I'ay ruyné la France & despouillé le Roy
De son propre domaine & de son propre sceptre,
I'ay commandé en Roy, on m'a seruy en maistre:
C'est pourquoy maintenant d'vn cœur remply d'effroy.

Clamaui

Ie crie, ie me plains, & d'vne triste voix,
Ie desplore le iour que ie fus mis en grace
Sans ceste heure iamais ie n'eus veu ceste place
Ou ie suis maintenant aux extresmes abois.

At te Domine

A vous Pere souffran, à vous seul ie m'addresse,
Ie souffre en ces bas lieux des tourments bien cruels,
Priez les Dieux pour moy qu'ils ne soyent eternels,

Autrement ie fondray en pleurs & en triſteſſe.

Domine exaudi vocem meam.

Et vous Louys mon Prince eſcoutez mes prieres,
Si ie vous ay pilié pardonnez le larcin,
Ie l'ay fait pour le mieux afin que mes deux freres
Fuſſent participants à ce riche butin,
I'ay vuidé l'Arſenal d'argent & de finance,
I'ay deuant Montauban rauy voſtre threſor,
Mon frere Cadenet ſçait bien ou eſt mon or:
Car ie luy en donnay la ſuperintendance.

Fiant aures tuæ intendentes,

Chacun apres ma mort ira chantant merueilles,
Touchant mes actions autour de vos oreilles,
L'vn me dira larron, l'autre vn traiſtre & trompeur.
L'autre m'appellera de la ſecte Eſpaignolle:
Mais ne croyez pourtant à toutes ces parolles,
Ie ne fus Eſpaignol iamais que dans le cœur.
Chaſſez les courtiſants qui ne ſont deſtinez

Qu'à mà propre ruyne, & plustost inclinez.

In vocem deprecationis mee.

Inclinez à mes cris, enten dez à mes plaintes,
Bien qu'indigne ie suis d'auoir vostre faueur,
Et toy mon cher Desplan entens à mes complainctes,
Et n'entre si auant que moy dans les honneurs.

Si iniquitates obseruaueris Domine,

Si de pres on prend garde aux crimes & pechez
Dont ie suis à bon droit iustement entaché,
On verra que ie suis le plus coyon du monde,
I'ay tousiours mieux aymé combatre seul à seul,
Et estre encuirassé du harnois d'vn linceul,
Que de me mettre aux coups ou de faire la ronde.

Domine quis sustinebit.

Qui pourra estimer combien peu de courage

I'ay eu durant le siege à soustenir l'outrage
Et les fiers escadrons des ennemis du Roy,
Qui croira desormais qu'en toute ceste guerre
On ne vid ny mes dars ny mon grand cimeterre,
De peur de mettre en bref la ville en desarroy,
C'est à vous ô grand Prince ou ie dresse mes yeux,
Vous auez dés long temps cogneu mes enuieux.

Quia apud te propitiatio est

Parce que d'vn bon cœur vous m'auez regardè,
I'abusé de la Cour & de vostre puissance,
I'ay couppé, i'ay taillé en plaine liberté,
Selon que me dictoit ma propre impertinence.
Si quant on m'appelloit au hazard d'vn duel,
Ie me suis eschappé d'vn combat si cruel,
Pardonnez s'il vous plaist à ma poltionnerie,
Ie fis ceste action & ceste braucrie.

Et propter legem tuam.

Pour n'offencer la loy & diuine & humaine,

Qui

Qui deffend de tuer : i'ay esuité les coups,
I'ay fuy les combats , la fatigue & la peine,
Que tant de grands guerriers ont enduré pour vous.

Sustinuit te Domine,

Tu n'ignores Desplan que ie suis ton soustien,
Que ie t'ay soustenu lors que i'estois en vie,
Monsigot le dira maintenant qu'on le tient,
Et qu'il est en hazard d'auoir l'ame rauie.

Sustinuit anima mea in verbo eius,

C'estoit mon confident, vn de mes secretaires,
Ie me fiois à luy, à mes plus grand' affaires,
C'estoit mon seul recours qui d'vn œil preuoyant
Gardoit & conseruoit mon or & mes finances,
S'il est pris, c'est par moy, ie crains les clair-voyans,
I'ay bien peur de sa mort : mais i'ay quelque esperance.

Sperauit anima mea in Domino.

Bien que desia le Roy eut resulté Desplan
Qui luy mandoit pardon d'vne offence si haute,
I'espere auec le temps qu'il remettra la faute,
Que ce bon Secretaire a faict à Montauban:
Mais pourtant on la mis en bonne sauuegarde
Qui de iour & de nuict soigneusement le garde.

A custodia matutina vsque ad noctem

Il ne faut s'estonner si iamais les rebelles
Au siege de sainct Iean ne m'ont prins à rançon:
Car les gardes du Roy conseruoyent ma maison,
Ou il failloit passer plus de vingt sentinelles,
Maintenant que ie suis la proye au destin,
Et que la mort cruelle a rauy ma puissance
Ie supplie le Roy qu'il desploye sa main,
Et qu'il donne à mes iours quelque peu d'esperance.

Sperent fratres & verborum mea in Domino.

C'est là ou en commun ils doibuent tous butter,
C'est le dernier ressort de toute leur fortune,
Il n'est que de cingler tousiours en plain nestuie,
Le Roy leur peult luy seul de grands biens apporter,.

Quia apud Dominum misericordia.

Parce qu'il est tout bon aussi l'ay-ie seduit,
A tout, par tout, en tout, luy donnant la creance,
Que le moteur des Cieux m'auoit ches luy conduit,
Pour releuer l'honneur & le front de la France,
I'ay merité souuent qu'il me tranchast mes iours:
Mais ce Roy est trop bon: car i'ay trouué tousiours.

Copiosa apud eum redemptio.

I'ay trouué le pardon plustost que fait l'offence,

Deuant le coup fatal i'ay trouué gueri-
son:
C'est pourquoy ie perdis l'esprit & la rai-
son,
Et ne craignis iamais d'allumer par ven-
geance,

Et ipse redimet fratres meos.

C'est luy qui remettra les fautes de
mes freres,
Il leur pardonnera leurs crimes & forfaicts,
Ils ont autant que moy trempé dans les
meffaicts,
Et beu de la Luyne & du ius de Viperes,
Pour Monsigot i'ay peur que Messieurs
de la Cour,
Ne le puissent tirer d'vn si fascheux de-
stour.

Ab omnibus iniquitatibus eius,

Il a par trop manqué, ses pechez sont
tresgrands,
Despuis le iour qu'il fust conduict en hi-
potecque,
Et qu'il fut enfourné dedans le Four-l'E-
uesque,
I'ay creu qu'il ne pourroit trouuer aucun
garans.

Requiescant in pace.

Demeure on des haut Cieux,
Ta place eſt deſtinee,
Luyne & que nos yeux
Ne voyent la iournee
Que des grands comme toy,
Aillent pippant le Roy.

Il me ſouuient encor, ma priere finie,
Que deuant Montauban, ou i'ay finy ma vie,
Ce n'eſt pas au combat : car ie n'y allois pas,
(Auſſi n'eſtce en ce lieu ou s'eſt faict mon treſpas,)
I'allois me promenant dans les troupes Royalles
Ou i'offrois aux ſoldats mes richeſſes loyalles,
Pour me faire eſtimer au deſſus de mon Roy,
Que ſouuent ie menois tout ſeul auec que moy,
Quant vn Courbeau tout noir paſſoit à mon oreille,

Croaçant apres moy & courant à
merueille,
Ie ne ſongeois pourtant à ſon cris
odieux,
Que ma vie finit en ce lieu ſi pi-
teux,
Veu que i'eſtois ſi grand, moy viuant
ſur la terre,
En conqueſtant pour lors des finan-
cer à grand erre,
Et que tous les Seigneurs m'ono-
royent grandement:
Maintenant on ne faict de moy cas
nullement.

Pour auoir abuſé de l'amitié des
Princes,
Ie ſuis en vn cercueil priué de mes
Prouinces,
Et tourmenté de tous ces meſchans
animaux,
Qui nuict & iour me font endurer
mille maux,:
Ie crie donc mercy à ce grand Dieu
de gloire,
Qu'il aye deſormais de mon ame
memoire:
Si i'euſſe encor veſcu au monde trois

annees,
I'eus fait voir aux François des cartes bien meslees:
Mais puis que ie suis mort, deffunct & trespasse,
Chacun dise pour moy, Requiescant in pace Amen.

PRIERE POVR LE ROY.

QVe nostre Roy vainqueur puisse d'vn foudre espars,
Faire escrouler la terre au bruit de ses soldarts,
Qu'il puisse du trenchant de ces armes fatalles,
Faire plier le col à tous ses ennemis,
Afin qu'en plaine paix par ses faueurs Royalles,
Il vienne pour iamais demeurer dans Paris.

FIN,

www.ingramcontent.com/pod-product-compliance
Ingram Content Group UK Ltd.
Pitfield, Milton Keynes, MK11 3LW, UK
UKHW012134240726
13965UKWH00005B/2185